나의 봄이 따뜻할 때
너의 겨울이 추웠음을 알아차렸다

❏ 365일 독자와 함께 지식을 공유하고 희망을 열어가겠습니다.
❏ 지혜와 풍요로운 삶의 지수를 높이는 아인북스가 되겠습니다.

나의 봄이 따뜻할 때
너의 겨울이 추웠음을 알아차렸다

초판 1쇄 인쇄 2021년 01월 03일
초판 1쇄 발행 2021년 01월 11일

지 은 이 ┃ 김 식
펴 낸 이 ┃ 김지숙
펴 낸 곳 ┃ 아인북스
등록번호 ┃ 제 2014-000010호
주　　소 ┃ 서울시 금천구 가산디지털2로 98
　　　　　　　　(가산동 롯데 IT캐슬) B208호
전　　화 ┃ 02-868-3018
팩　　스 ┃ 02-868-3019
메　　일 ┃ bookakdma@naver.com

I S B N ┃ 978-89-91042-82-7 (03810)
값 13,000원

*잘못 만들어진 책은 바꾸어 드립니다.

이 도서의 국립중앙도서관 출판도서목록(CIP)은 서지정보유통지원시스템
홈페이지(http://seoji.nl.go.kr)와
국가자료공동목록시스템(http://www.nl.go.kr/kolisnet)에서 이용하실 수
있습니다. (CIP제어번호: CIP2020051183)

나의 봄이 따뜻할 때
너의 겨울이 추웠음을 알아차렸다

김 식

아인북스

남자는
해묵은 그리움과의 별리를 위해
보고플 마음을 절단했다
슬픔을 혐오하던 남자는
추억할 시간이 두려워
기억을 살해했다
여자와의 약속은 으깨진
이별의 묵시록
남자는
영원히 가지고 싶었던
여자의 시린 겨울 바다로 나갔다...... 수평선,
하늘과 바다의 경계너머
어딘가에 있을 얼굴
비는 그때와 같은 속도로
바다를 제압했다 그리고 동침의 방식
바다는
남자더러 자기의 막을
뚫어보라 했다
파도의 주름은
매우 패었고

시간을 동여맨 남자는
투척으로 정조의 면류관이 되었다
인어의 전설,
눈물로 몸단장했던 남자의 서사는
사람들에게 시가 되었다
남자가 죽던 날
하늘이 낮게 떠
바다가 자기의 색깔을 잃을 때
남자는 어제를 잊으려
'그녀'라는 단어를 버렸다
레테로 간 남자는 '그녀만의 남자'라는 이름표를 달고 떠
도는 나비가 되었다

갯벌의 여인들

2020년 늦은 가을 오후에
김 식

목   차

— 서문을 대신하여 ‖ 04
— <序詩> - 승민에게(부제: 서연의 테마 in 건축학개론) ‖ 10

제1부 **연인에게** ‖ 13

연인에게 ‖ 15
꽃 ‖ 17
초록물고기 ‖ 18
심야의 로맨스 ‖ 20
레옹—마틸다의 독백 ‖ 22
낯선 풍경 ‖ 24
You Are The Memory I Have To Keep ‖ 27
공포체험—1981년 9월 그리고 비겁한 두만이 ‖ 28
겨울기억 ‖ 31
인연 ‖ 32
어느 노동자의 휴게 ‖ 35
삶, 그 사랑만으로도 ‖ 36
바다에게 ‖ 38
만추晩秋 ‖ 40
무얼 그리워하는가 ‖ 42

제2부 *Life: If I Live* ‖ 43

Life: If I Live Because Of Memory About You ‖ 45
파장波長 ‖ 46
뷰티 인사이드 ‖ 48
1981년 여름–그 첫 날, 하지만 거세去勢의 이유 ‖ 50
手淫(수음)의 法則(법칙) ‖ 52
옥단이 ‖ 54
오직 그대이기에...... ‖ 56
담벼락꽃 ‖ 60
버티고, Vertigo ‖ 62
로리타 ‖ 65
탐貪 ‖ 66
시의 발견 ‖ 67
흑묘를 그리다 ‖ 70
6월14일부터 11월14일까지의 연애 혹은 사랑 ‖ 72
그는 죽고 나는 쓰네 ‖ 76

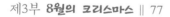

제3부 **8월의 크리스마스** ‖ 77

8월의 크리스마스, 그 두 번째 이야기 ‖ 79
삶, 그 조율에 대하여 ‖ 82
저녁밥을 먹고 싶은 날 ‖ 84
숨결에 그리움을 거두라 ‖ 86
별바라기 ‖ 88
구운몽九雲夢 ‖ 90
골목 연가 ‖ 92

이별 눈(雪)물 ‖ 94

수평선 ‖ 96

나는 너를 굴복시키지 못하였다 ‖ 98

삼학도 ‖ 102

눈물은 슬픔의 논리적 규명체이다 ‖ 104

두 개의 밤으로 죽어간 사내 ‖ 106

페르소나 ‖ 110

Reminiscence: the act of remembering events and experiences from the past ‖ 112

In Memory Of The Night ‖ 114

제4부 **의미** ‖ 115

의미 ‖ 117

권태倦怠 ‖ 118

색의 침몰 그러나 ‖ 120

호모 스포르티부스Homo sportivus ‖ 122

누드모델 ‖ 124

파도를 삼킨 여인 ‖ 126

여백 ‖ 128

근육 시론 ‖ 130

순결 ‖ 132

한 컷 ‖ 134

편지 ‖ 136

꽃이 피다 ‖ 138

여운 시餘韻詩 ‖ 140

연애 ‖ 143

Road ‖ 144

제5부 **발걸음** ‖ 145

발걸음 ‖ 147
나였던 그 아이는 어디 있을까 ‖ 148
내음 ‖ 150
빗물 ‖ 152
소나기 ‖ 153
효풍曉風 ‖ 154
노루목고개 ‖ 156
아날로그 ‖ 158
멜랑슈Melange ‖ 160
I Am ‖ 162
견딜 수 있을 만큼 ‖ 164
On The Day Of My Memory ‖ 166
메멘토 모리 ‖ 168
화가 이야기 ‖ 170
이별 전 서 ‖ 173
나의 봄이 따뜻할 때 너의 겨울이 추웠음을 알아차렸다 ‖ 176

승민에게(부제: 서연의 테마 in 건축학개론)

승민아나는널떠나보냈고그렇게우린한걸음씩서로가되어왔지

차창으로보이는붉은얼굴눈이부셔쳐다볼수없을정도인데차라리니생각으로가리울까

망설인적도많았어

그냥울고싶었던겨울날너무아프게하지만눈물을보일수없었던나였기에쳐다보는널뒤로한채가야만했지

그게너였기에진정미치도록아플수있었으니그저하늘에감사할뿐더이상놓을수없는너란걸알면서

오늘한통의소포를받았고난네가보낸선율을들었지

오래전나를위로했던멜로디, 김동률기억의습작

버텨왔는데무너지지않으려고잠깐네어깨에기댄적도있었는데네슬픈눈동자에말을건네려고너무오랜시간을기다려왔었는데

글쎄어떤의미로다가갈수있을런지나는다가가는데그림자는서성이고

우리스무살인생세상의모든질투를담은너였기에짧은입맞춤긴여운그때네손을잡으며네맘속에들어갔어야했는데

보고싶다

그많은함께웃었던날들을기억하자

한때넌내미래였고지금그시간에내가놓여있는데훗날이런익숙
함들이또어떤미래에도착할수있을까

울산바위 아래 오는 봄

제1부

연인에게

　시간아, 슬로우 비디오로 살아다오 기다림조차 그냥 아름
다운 삶일 때가 있지 않겠는가

포천 양귀비 마을

연인에게

연인아
서로 죽음이었던 우리의 시절을 기억하는가

늘 곁에 있던 그대만을 바라보며 까맣게 타들어가던 심장
가슴 한켠 빈 공간으로 다가와 어둠 오면 그림자마저 빼앗
긴 고독
무성하던 적막에 사랑을 담겨준 사람
파리한 오후의 안개비 같던 네 머릿결
마음 닿는 기억마다 상처 되는 흔적
저 기울어진 달 아래 흐느끼는 파도의 새벽을 조우하려 훌
쩍거리는 핏줄

지금 네 실루엣을 빈틈없이 들추려하는데
나의 자책은 추억을 한 걸음도 벗어나지 못하고 절망의 선
명한 어제를 또 한 번 슬퍼하는데

양귀비 들판

꽃

지난겨울의 그리운 혹독함을 간직하여

또다시 피어나는 한줄기 상징

대지의 풍경들 한줌에 지나지 않는 생명

모든 바람의 끝에 남은 찬란한 인내

그 지속의 시간을 견디어낸 비극의 승부사

동백

초록물고기

그대들이여 내 정체를 알려고 들지 않기를
내가 어디로 향하려드는지조차 질문하려 들지 않기를

바다 깊은 속 끌려 다니지 않음으로
이 한 몸 진초록으로 살고 있음에
난 그저 뭍 위의 짐승들처럼 울부짖는다
지느러미야 언젠가는 광인처럼 흐느적거리는 날갯짓에 불
과하겠지만
그래도 한 때
으스대던 인간들의 거대한 유조선 같은 고래와의 경주에도
뒤처지지 않고
포세이돈의 분노에도 미소 지으며
겁을 상실한 채 지하 세계를 홀로 휘저었다

이제 나는 어디로 가야하는가
너무 멀리 와버린 탓에 돌아갈 나의 길마저 조우할 수 없
어 이대로 사라져버리는 건 아닌지

화가여, 그대가 내 갈 길을 안내해주기를
눈을 감아야만 볼 수 있을 아픈 기억을 가로질러 내 묻힐

곳 어딘지 스스로 찾아갈 수 있도록

비록 그곳이 존재하지 않는다 해도 상관하지 않고 황폐해
진 내 피부가 더 이상 벗겨질 수 없다 해도

바깥 세상에 그토록 오르고 싶어 했던 나의 탄식들을 마지
막까지 피워낼 수 있도록

내 연약한 피부에 초록빛 점 하나만 찍어주기를

초록 물고기 한국교육방송공사_멕시코_풍경_바다 속10

심야의 로맨스

졸음이 베개를 밀어낸다

만국萬國의 활자는 퍼즐로 놓여 있고 결핍의 배반, 이성理性의 독수리는 나의 본성을 사정없이 쪼아댄다 나는 붉은 조명 아래 놓인 여인의 황홀한 실루엣을 스케치한다 노아의 방주에 그녀를 태운 갈망이 어느새 재커바이트[1]로 이동한다 나는 등불을 삼킨 하얀 커튼을 열어젖혀 별의 모서리에 그녀의 옷자락을 걸친다 기차가 지구를 한 바퀴 돌기 전에 나는 그녀의 손을 잡으며 지상을 향한 첫눈으로 내린다 별을 재우고 나의 검은 구슬로 그녀의 뒷모습을 숨죽여 담는다 비너스 칼리피기스[2]보다 아름다운 골반의 여인을 보며 나의 눈동자는 살며시 달아오른다 나는 위태로운 스릴을 즐기는 몽상가, 'ㅎ'타이핑typing부터, 그녀의 'ㅎ', 'ㅓ', 'ㅍ', 'ㅏ'에 공기를 불어넣는다 나는 두둥실 떠다니는 한 마리 분홍빛 사다새의 손을 꼭 쥔 샤갈[3]로 살아간다

비밀스런 새벽, 본능과 관능 사이의 섬엔 밀어蜜語들이 가

---

1 Jacobite:《해리포터시리즈》에서 나오는 호그와트행 급행열차
2 Venus Callipygis: '엉덩이가 아름다운 비너스'의 뜻
3 마르크 샤갈Marc Chagall(1887~1985): 러시아 출신의 프랑스 화가, 판화가

득 피었고 나는 방랑자가 된다 시인의 혀로 그녀를 탐닉한다
그녀의 덫에 걸린 욕정은 사그라질 줄 모른다 제기랄! 좌뇌
가 나의 시들 수 없을 발칙한 로맨스를 알아차리고 그제서야
우뇌는 사정없이 델리트 키delete key를 때린다 나의 상상이
번식을 기약한다

　여명黎明은 어둠과 숨바꼭질을 한다

칼리피기스 상

레옹—마틸다의 독백

당신의 강은 내 맘에 한 줄기 눈물로 흐르고
붉은 피가 내 기억을 덮기 전에 이미 장미꽃이 필 것을 알
았네요

바람이 불어 그대 향기가 내게 안부를 묻고
사랑하는 거인아 당신의 죽음으로 세상은 악의 징후로 남
았네요

위로받을 수 없는 작금에 피어오르는,
내 파란 눈동자의 탄식으로 빗물에 입 맞추고 나면 오롯하
게 남는 그리움

그대가 가져간 상처들을 예쁘게 포장하여 견고한 무덤가에
흩뿌리면
파아란 하늘에 걸려있을 미소만으로도 나를 사랑하지 못한
아쉬움을 이해할까요

내 사랑 내 안에서 영원히 잠들 나의 키다리 아저씨
까마득한 억겁의 세월이 지나야 추억 너머에서 영원한 청
춘으로 살아가시려나

레옹과 마틸다

낯선 풍경

햇빛이 양산 지붕 아래 그녀의 볼에 분홍드레스를 입히고
세상의 모든 향기가 어우러질 때

여름, 수직의 계절

앞을 다퉈 그늘을 찾는 풀잎들

외로움이 나와 함께 길을 걷고 사라졌음에 다시 태어나는
얼굴 하나

슬픔에서 기쁨까지

모호해지는 경계 나의 한숨은 그녀에 대한 오욕의 역사

욕심과 밀착된 시어는 일종의 파르티잔

마지막 연마저 짓기 어려운 시점에 다다르니

홀로 설레고 싶은 내겐 단 하나의 긍정적 이유조차
대립되는 상징으로 남는다

심장에 미열이 잡힌다

그녀의 눈동자는 춤추는 별, 내 통곡의 벽

생각이랄 것 하나 없이 종일 눈물이 흘러 나는 폐쇄의
지성을 가질 수밖에

그녀의 마음을 번역하는 짓도 이제 끝내야겠다

이성에서 본능으로의 회귀回歸

주파수가 사라진 고물 라디오에선 비 오는 소리만 잡힌다

풀잎들이 앞을 다퉈 지붕을 찾고 그녀가 영영 숨어버린
지금,

낯선 풍경 하나

양산 쓴 여인

You Are The Memory I Have To Keep

When the wind blows on a cold street
time goes by memory,

If the sadness that I felt yesterday wrapped
around my body,
I have a heavy hug with you from the past

To part company with memories,
it's the best way to complete our love

Okay, let's forget
If that's fate, let's take it

The wind is blowing over my head,
the rainwater flows down into my mind,
finally, my heart goes to sleep in silence

My dear,
may I ask you a favor?
Please don't forget my love forever, forever!

공포체험
—1981년 9월 그리고 비겁한 두만이

잔잔하던 두려움이 너울처럼 다가오고
바람벽엔 흥건하게 곰팡이가 피어있던
1981년 9월의 일요일 밤

담장 아래 누워
플래시flash 지나가길 기도하는 한 마리 고양이
대낮의 향기가 그리워질 때,
뚜벅뚜벅 발자국 하나
곁을 스쳐간다

날 따라오던 두만이 새끼
어디 처-박혀 있는지 보이지도 않고
손가락 올라온다던 변소
지독한 똥냄새 코끝에 머물러있고

갓난아이 버려졌다는
것도 귀여운 계집애였다는데
누군 참말이라고
누군 거짓말이라고

밤에만 아기의 울음소리가 들린다고
일 보 전진, '삐걱' 문 한 칸 열리고
'쉬이익'
한 멜로디의 바람
"그래 이 소리였을 거야"
여자아이의 울음소리 같은!

드디어 빨간 손이 올라온다는,
당당하게 열어야지
바스락
신발로 모래 알갱이 하나 씹으며
다가갔지

무서움을 꽁꽁 동여맸지만
몸은 떨리고
귀신 하나 나를 찾아왔던가
엄마가 나를 부르는 소리
그만 돌아오란다

심장이 뛰고
내 영혼의 떨림 소리가 들리고
목소리는 아니었을 터인데
그때,

문득 나는 보았다
흰 옷을 입은,
국적 모를,
팔 없는 귀신을

기억나지 않았고

차안此岸안에서 피안彼岸으로의
멋진 체험이었으리라

다시는 느끼지 못 할

그날
잠깐이나마 하늘나라를 경험했던 내 곁엔
하얀 두루마리 휴지가 춤을 추고 있었다는데……

겨울기억

자작나무 숲의 겨울

하얀 그림으로
덮여있는 세상이
아니건만

입 다문 하늘
지상에서 가장 가을 같을
초록의 여운이 저물기도 전,

서성이는
기억마다
잘 가라는 인사

나는 결국
다가오고야 말
차가운 겨울을 기다릴 뿐이다

인연

소리 없이 풀잎 흔들리듯 천사의 날갯짓으로 다가온 그 처음은 내게 낯설은 풍경이었다

누군가 미리 귀띔이라도 해주었다면 널 맞이하기에 떨림 하나 없었을 텐데 다행히 비밀스런 당황을 눈치재지 못했나 보다

시간이 흘러,

어제와 같을 생각들로 사무친 네 숨소리는 어딘가에서 나에 대한 그리움으로 다시 돌아올 얘기들에 대한 착각에 빠져들게 하는데

인연, 순응될 질서를 어지럽히기 위해 나 스스로 하늘이 되어 너를 택했다는 자위를 세상 길바닥에 찍는 하나의 점

오래전 신의 허락 없이 간절하게 사랑했다는 죄명으로 널 고독이라는 감옥에 날 대신하여 넣었고 난 이후의 날들을 몇 자락 추억의 올만 감은 채 고통이라는 지옥에서 연명할 수밖에 없었다

지내온 날들이야 설명할 길 있으랴

살며시 미소 짓는 나를 니 눈동자에 담아 처음 이별했던 여름날 그 자리에 되돌려놓으면 네 슬픔이 빗물에 잠겨 겨울날 내릴 뜨거운 햇살에 증발되어 함께 할, 우리의 봄날로 남겨질 수 있을까

그저 너에 대한 기억이 내 심장에 드문드문 발자국으로 찍
혀가고 그러다 죽을 날만 기다릴 수밖에
　나, 지금 가증스런 한 인간이 밤새워 달려
　간절하게 도착하고 싶었던 종착역으로,
　한 생명의 연어로 그 먼 세월을 돌아
　너에게로 돌아가려는 것은 다가올 겨울에
　혼자 남아 서럽게 울기 싫어서일까
　오직 너만 부둥켜안으려는 연리지로 살기
　위해서일까
　너의 생각을 예상하고 듣는다는 죽어도
　부러울 것 하나 없을 즐거운 상상을 하며
　나는 더 이상 잃을 것 무어랴
　널 사랑했던 얘기를 내 꿈에서 너에게
　건네줄 수 있다면, 비록 감추려했던 그리운
　시간들을 끄집어내어 지워지지 않게
　간직할 수 있을까

마지막 춤

어느 노동자의 휴게

담배 한 개비와 타협하지 못하고 태양 속에서 일순간을 겨루며 대지를 진동하는 강렬한 인간의 비극

가난마저 빼앗기기 싫어 파란 봄을 기다리는 피 끓는 심장의 무게

철 빔 사이의 달보드레한 봄바람에도 식은땀의 지분이 사라질까 두려워 능놀 수 없는 보금자리 설움이 휴식을 거부한다

소외된 아침

삶, 그 사랑만으로도

추운 겨울의 촌음을 다투는 살얼음 같은 나의 기억들 스며드는 입김에 사라져버릴 성에꽃 같은 희망을 놓치고 싶지 않다

너의 그리움으로 머무르는 일상 네 모습 떠올리면 오래전 까만 눈동자에 비 개인 거리의 오전, 미소가 머문 공간 내 옷깃에 여미는 시린 빗방울 하나, 슬픈 시를 적시는 주인공, 흐르는 오늘을 내일로 멈추니 사랑은 그저 꿈이 되고

바람으로 떠돌다 숨을 멈추려는 붉은 핏줄, 이슬이 얼어 서리가 되는 무너지는 잊지 못하는 지울 수 없는 아쉬움은 모두 허구, 웃음이 눈물로 변하는 오랜 잠으로 살아가야 할 그 끝의 운명 헤어지는 이야기 서글픔보다 서러움으로서의 두려움으로 남는다

세상이 이렇게 고요한 것은 별의 모서리에 부딪혀 달아난 달님의 모습처럼 나 역시 멀리 떠나와 있음에 그대 숨소리 들을 수 있으리라는 하늘의 뜻으로 생각할 수밖에, 홀로 누운 하얀 길 위에 정이라도 쌓여 걸을 수 있다면 지낼 새벽에 그대 모습 담을 수 있을 텐데

부끄러운 손마디에 고백이 실려 하염없이 미끄러지는 하얀 순결 위에 기억하는 얼굴 하나 그려보고 싶은 하루의 그리움을 옛-이야기로 남기려 촉촉한 입술의 풀잎은, 소소하지 않게 마음을 달래고 悲(비)를 기다리며 슬그머니 그리움에 애태우는 소리가 된다

서리가 녹아 이슬이 되는 나의 現身(현신)은 흙이 되어 大地(대지)를 살찌우니 정맥이 황홀경으로 꽉 차있다는 사랑만으로도 삶, 그 윤슬의 강물로 남는다

내가 추억을 올려다볼 때 겨울비는 물구나무로 죽는다

바다에게

잿빛 하늘 아래 육혈포를 쏘아대는 너와의 싸움은 인고의 시간. 세월의 변증법으로 내겐 어느새 푄föhn 손금이 되었고.

삔둥거리는 갈매기. 망망대해 속 초가삼간. 분규의 파도 위에 바람은 불고 너를 낚아야만 하는 거친 놀림. 포세이돈의 성역에서 바짝 선 근육은 참혹한 전쟁에 휩싸이고 나는 얼마만큼의 적절한 포착을 가능하게 할까. 지난여름에 수다한 장정들이 거친 욕을 퍼부으며 떠나갔을, 헤밍웨이의 안개. 각자의 쾌락을 찾아 지옥의 수면 아래 어떤 책임을 던졌을까.

삶이란, 누군가에게 일정한 깊이로 안겨 기억되는 체험. 아버지를 삼킨, 호을어미의 바다를 찾아서.

마경馬耕이 부러울쏘냐. 나는 격증의 바다에 고하노니, 미소가 저물어가도 새벽이 오면 너와 얽히어 살겠노라고.

늙으셨을 내 아버지의 풍경화로.

바위를 품은 바다

만주晩秋

당신의 어둠에 가려진 겨울 홀로 된 것처럼 비참한 일 없고

수화기 들어 그대 목소리 탐하려는데 흐느끼는 미소, 분명 헤어짐은 아니었건만

정직하게 함께 하지 못했던 시간을 되돌리려 나는 이렇게 슬퍼하는가

하여, 갈색 코트에 눈물이 스며드는가

약속, 목숨 같은 한 마디 기표

나는 얼마나 오랜 그림자를 공간으로 서성거려야 되는지 대답할 수 없는

이 순간 죽을 수 있을 단 하나의 이유

욕망을 감추지 않음으로 행복할 줄이야

생각할수록 그리움인 그대 모습을 기억해야하는 날이 올까 두려워

남은 사랑의 마지막일 수 있을까

간직해야 할 유일한 것이 무언지 가르쳐주기를

어찌하여, 그대라는 감정에 서면 항상 초라할까

외면하는 눈동자로 인해 불타는 나의 질투

그렇게 사랑을 받아들이지 않는가

한창 피어나는, 아름다움과 환희의 육체

항상 가고픈 욕망으로 차고

그댈 갖기 위해 얼마만큼의 눈물이 필요한지

그대 아름다운 이유로 그저 내겐 쓴 웃음

떠내려가는 기억들의 비명

이제 그대를 향한 내 사랑의 각혈이 멈추기를 간절히 바라
건만

만추

시간이 내게 손짓하고 다시 이 자리로 돌아올 때

그 기다림의 끝에 서 있는 나는 낯선 영화로 남고 세상에
부고訃告를 묻는다

가을 서정

무얼 그리워하는가

너는 영원한 애증의 징표 그리하여 향기만 남은 눈동자

어느덧 나의 그리움에 가시가 돋았다

제2부

Life: If I Live

내-몸은 오직 너에게로 사랑받는 육체-노동자이길 간절하게 바라는 형법-체계

맨드라미(연인)

Life: If I Live Because Of Memory About You

I've been walking in a novel
like a wandering blade
like a gentleman
who sometimes says good-byes

I am leaning on the chair with my back to the sun,
now I want to be my dream

Without stopping my memory,
my seasons are gradually picking up on you,
can I forget you?
is there a way to forget you?

If I live because of memory about you,
even though I close my eyes, can only see you

Even if I see you again,
you're gonna leave me,
with a flapping

I love you
even after I love you

파장波長

당신의 내음을 담아 무탈하게 엎드려 주홍글자처럼 박힌
이름을 되뇌면

돌아보는 만큼 붙잡아둔 청춘의 풍경이 회한으로 아롱지고

몽피夢皮를 맴도는 옹알이들 지워지지 않을 시절의 사랑을
곧추세울 때

고즈넉한 새벽은 아지랑이로 피어오른다

잠들면서도 노래할 수 있어

세상은 한갓 줄지은 기억들의 허드레-꿈

추억들은 가지로 뻗어 현시를 망각한 채 어둠을 헤매어

그리운 겨울바다로

기찻길을 떠도는 마음

창밖으로 보이는 빈 들판 허수아비의 눌러 쓴 모자 속에

눈동자는 빗물로 서려있는데

지칠 수 없는 나—기억의 연속

나의 바람은 오직 각색되지 않은 네 살갗에 손대는 이야기

기다림의 파열음이 조악한 심장에서 발생되는 작금에

회상을 지우며

작게나마 내 입김은 공기를 가르니

같은 하늘 아래 있을 그녀에게로의 이별과 헤어지기 위한

한숨의 넋

파장으로 닿는다

뷰티 인사이드

내가
그녀를그리워하는건
타인에게
해석되지못할
하나의문장

마침표가찍힐까
항상불안해하는
산소호흡기를끼운
내
사랑의밀어

곁에
누워있는모습만으로도
잠들지못하는
이
느낌을
어떻게설명할수있을까

내일이면

나를알아보지못할

그녀에게

어떤선물을해야하는지

내

생각의나무들을

솎아내어

잘

정돈된

가구들로만들면

이수가좋아할까

그리고 사랑한다말할까

연 날리는 아이

1981년 여름
-그 첫 날, 하지만 거세去勢의 이유

희,

그립고 보고 싶은

그 계집아이가 사내아이의 고추를 조몰락대었을지

옆집,

미옥이 누나

뜨락에서 달고나 씹으며

아해兒孩들의 동그란 인연 한 개 간곡하게 주선했었고

부뚜막 군불 솟던 윗목

숨소리 꼼지락거리며 이불 속으로 숨어들었을

물새의 발가락들 마냥 심장이 달음질쳤을

시작부터 끝날 때까지 사내아이의 겨드랑이에 묻혀 눈을

꼭 감고만 있었던,

세상에서 가장 예뻤을 계집아이와

음!

뺨을 부비며

사내아이는 계집아이의 모든 걸

계집아이는 사내아이의 모든 걸
1981년 여름, 그 첫 날을 간절히 바랐던,

감귤-빛 노을이 창가에 스칠 때

아기 생각에 얼굴 붉혔을
세상에서 가장 근사한 어린 것들에게
잔잔한 사랑이야기 하나 더디게 머물고 있었지

…………………………

더블오우세븐, 본드, 제임스 본드
십팔 편의 소장본
십팔놈과 십팔년 눈빛만 마주치면,
헌신獻身 짝이 헌 신짝처럼 버려지는 세상
나는
그놈과 다를 바 있을까

…………………………

아주 오래된 시간을 여행한, 그리고
그 후
두 사람에게만 있을 것, 같은? 비밀

手淫(수음)의 法則(법칙)

검푸른 지붕 아래

물구나무로 꽂히는 제우스의 槍(창)

큐피드가 쏜 눈물

빗방울 맞으며

나는 프로메테우스의 肝(간)을 훔칠 것이다

물안개 같은,

검은 유리구슬 바깥 풍경

바람의 손짓에 나뭇가지는 춤을 추고

진녹의 잔디 위,

잠들어 있는 여신

보고픈

너의, 드리워진 커튼 속

차오른 젖가슴

깨뜨리고 싶은 선주홍 비늘

지금, 수증기로 음산한 상자 안

소나기 아래 벌거벗은 나, 그리고

獨白(독백)의 自慰(자위)

옥단이

그녀는
물동이를 메고 마냥 어깨춤을 추는
봄눈

나는
미풍에
처녀의 족적을 새긴다

"물 사시요"

차가운 시멘트 바닥에 엎드려
녹기 싫어하는 슬픈 목청을 듣는다

"누룽밥 먹고 살쪘제"

반복되는 이야기
유달산 기슭에 기억으로 묻힌 여인
어느덧 눈물 거둔 햇빛에 기댄 골목
시린 빗방울 하나
그리움이 일상으로 변할 때 눈을 감아도 오직 그녀로 인해

나의 하루는 그림자 드리워진 초라한 슬픔

　그녀 생각에 눈물이 흐른다

　나는 그녀를 새로 올 초록(草綠)에 묻어버리고

　행복은 추억 안에서 조우되고

　겨울전설이래로 눈을 뜰 때마다 그녀만 떠오르는 이유는?

능소화

오직 그대이기에......

나의 시는

그대를 지켜주는 마음

구슬픈 나의 심장에서 꺼낸 눈물

사랑하는 것보다 간직함을 더 소중하게 여기는 고독의 피
로

무한대의 보고픔을 단 한 줄로 표현하려는 욕망이다

기억으로 만나는 그대

물거품처럼,

눈감으면 사라지는

바람에 떨어질 앙상한 나뭇잎으로 살아가는

모든 사유,

단 한 번의 애처로움에 깨져버릴 미소

단 한 번 흐느껴 지쳐갈 애처로움

비창이 묻어나는 눈가에 서성인다

가슴 졸린 탓에

심장 벽을 비비며 꺼내든

낡은 마음갈피

이별, 그 생각하기 싫은 흑백의 이미지
더 이상 견뎌낼 수 없을 충격의 이미지
그대 앞에 서면
타자철학은 고통의 형이상학으로 옷을 갈아입는다

보고 싶다는 건 시간을 불러낸다는 사태
그대 이미지를 나의 뇌로 인쇄할 수 있다면 좋으련만
내 모든 기록들을 색 가득한 포르노그라피로 만들고 싶기에
단 한 순간만이라도 에로스의 눈물로 채우고 싶기에

내 상상은 진부한 제스처로 남을 초라한 발버둥
내 기억은 영혼의 피사체로 꿈꾸는 과거
내 아픔은 손상된 사고의 영면
내 추억은 모든 잡념을 베어야 하는 잔인한 추수

풍성한 그대의 육체는 나의 가슴에 향기로운 이름으로 살아가
달디 단 내 혈액이 응고되어 새빨간 보석으로 탄생되고
최후에 그대가 나의 언어로 기록되는 날(日),
생애 가장 무겁고 고독한 추구는 내 가슴 한 구석에 파편으로 박힌다

뚜렷하게 그리워할 수만 있다면
모질게 괴로워져도 불완전하게 살아갈 수 있으련만
이별과 어울리는 그대의 미소조차 내겐 바랄 것 없는 영원
으로
지상에서 사라져 갈 시간의 책장을 넘기고 또 넘기는 순간
들

또 하나의 잎새가 품절되면 내 손등에 힘줄하나 더해지고
쓸쓸한 커피 향마저 마음을 적시어 창밖의 빗물과 어우러
져,
숨 막힐 정도로 울어대고픈 한 마리의 원앙처럼
내 존재는 짝 없이 버틸 수 없는 가증스런 고독으로 영면
한다

나의 시는 그대 마음에 기대고픈 입맞춤
작금의 나이에 누군가를 그리워한다는 것마저 기적에 길들
여질 것 같으니
내 영혼에 자꾸만 시를 쓰라한다
첫 줄부터,
나의 언어에 연정을 담으라한다

오직 그대이기에......

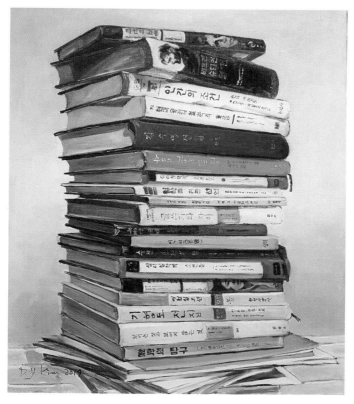

고통의 지식

담벼락꽃

밤새워 내리던 흰 백합들이 소란스런 바람들의 짓궂은 장난에 모두 달아나버린 지금

추운 새벽 아래 서 있는 담벼락꽃 한 송이 얘기 나누자고 손짓하는데

항상 그 자리를 지켜야만 하는 고독한 공간의 느낌표 내가 너의 벗 될 수 있다면 가히 좋으련만

내 몸 어디론가 향해야만 살 것 같으니 뒤돌아보지 않는다 하여 너 슬퍼말고,

날 대신한 누군가 네 선 곳에 다가와 미소로 반기리니 부디 편안하게 쉬고 있기를

나팔꽃

버티고, Vertigo

새벽이 어둠을 몰아내고 있을 때, '안녕'이라는 글자가 박힌 종이를 보았다

달리고 있는 차 안, 핸들이 떨린다
혼자가 아닌 게 원망스러운 어둠, 핸들을 놓고 싶다
질주의 끝은 태양, 이별―공간으로 접어들 것이다
헤어지는 풍경을 용서할 수 없다
다가올 기억에 온도가 없으면 좋으련만
내겐 모든 게 낯설다
난감하다
돌고 도는 세상이라 곡선, 적어도 내게 있어 사랑만큼은 정열의 직선이다
가로등 빛 등에 업고 어두운 계단을 오르는......
심장이 드럼 치고, 터널 바깥의 햇볕이 마지막 행로行路임을 의미하듯 어느 가수의 노래처럼 우리 사랑의 끝은 눈물
나는 그녀만의 300초秒를 위해 보닛 위에서 《브레드레스 Breathless》의 리차드 기어가 된다
다가올 시간이 짓궂다
그리움을 증오할 나의 세월도 처연하게 스러져간다

소름이 머물 정도로 사랑했었다

단 한 번의 키스를 위해 고속도로 한복판에서 정차停車한 적도 있었다

함께라면 죽어도 좋다는 우리만의 암호였을까

실낙원의 주인공들이기를 원했지만 하늘에 허락되지 못했다

새로 한 시의 종소리, 그리고

나는 지금 종이 인형보다 더 슬픈 얼굴로 걷는다

발자취에 꽃이 피질 않고 단비 같은 네가 없는 내일을 어떻게 반길지 걱정이다

세상에서 가장 슬픈 대낮이 찾아오면 기억에 체하여 도망칠 것이다

이제부터 나의 모든 기도는 조악할 것이다

반–토막의 영혼처럼 나뭇잎이 전깃줄에 매달려 있는 거리마다 네 모습이 눈동자에 담기는

이 순간 너를 버티고 버틸수록,

vertigo

가로수

로리타

지금 이 순간
내가 죽을 수 있을 단 하나의 이유
그게 너일 줄은 몰랐고
감출 수 없는 욕망을 드러낼 수 있음으로
이렇게 행복할 줄이야

보면 볼수록 그리운 너로 남아주기에
네 모습을 기억해야하는 날이 올까 두려워
과연 내 남은 사랑의 마지막이 너일 수 있을까
간직해야 할 것 무엇인지 가르쳐주렴

나는 어찌하여,
너라는 감정에 서면 항상 초라할까
외면하는 너의 눈동자로 인해 불타는 나의 질투
그렇게 나의 사랑을 받아들이지 않는 너인가

로리타 한창 피어나는, 아름다움과 환희의 육체
내게는 항상 너에게로 가고픈 욕망으로 차고
널 갖기 위해 얼마나 많은 눈물이 필요한지

사랑, 사랑 내 사랑의 로리타여, 진정 내가 사랑하는 것이
너인가 사랑인가

탐貪

발레리나

감각성으로 타자를 파악하려는 헛된 시도

공상의 시선으로 단정 지으려는 허무의 나르시시즘

단연코 보이지 않음으로 획득될 생생한 상징계

너는 내 최고의 인근隣近

하지만 그리 간단하지 않은 공감

내-몸은 오직 너에게로 사랑받는 육체-노동자이길 간절하게 간절하게 바라는 형법-체계

너라는 모든 상상은 내 잔인한 글을 쓰려는 그리운 시간 무한 차원의 균열

기어코 이별은 행복한 모순의 고독

수줍어할 것들을 위하여 재회를 꿈꾸는 무한-상상의 호흡

시의 발견

지난봄
이슬에 두고 온 것
무엇인가

에메랄드빛 호수의 여름
햇살을 맞이하려던
나의 태도는 정갈했던가

글 한 점 펼쳐 보이려 손끝을 지면에 투사投射했던
내 어렸을, 하지만
사고思考로 가득한 작금昨今의 일상이
고즈넉하게 나의 상징으로 비상飛上하니

나는 불경스런 마음을 미풍에 날려버렸던가

정직한 계절은 나를 고독의 시인으로 살라하는데
언제쯤 나의 놀라운 고백이
세상에 뿌려질까
공감을 일으키기 위한 글자의 미끄러짐이 저속해선 안 되
건만

어찌하여 내겐 단 한 소절의 반동反動마저 느껴지지 않는
가

향기란 생각이 아닌 서술되는 것
연즉
나에게 있어 매콜리Macaulay의 모방예술이여 가라

이제
비 내리고, 눈 나리어
지상에서 영원으로 사라지기 전에
나의 언어,
손끝의 체온으로 어를 것이니

나의 관습과 나의 모든 균형이 쓰러져
어쩌면 그대로 죽을지 모를,
하늘에 올라가려던 영혼이 구름 벽에 부딪쳐
메마른 바람으로 머물러, 갈 곳 몰라 서성일 그 날
진지하게,

샛노랑을 발견하기 위하여
'노란 높은 음에 도달하려 스스로를 속일 필요가 있었'던,
고흐(의 삶)처럼

고집에 천착되는 모든 것들이 불투명한 서술이 될지라도
아주 넓은 마음으로 사물의 속살을 발라내듯,
'존재하는 것이 지각되는 것'임을 찾아내듯
나는 나의 시를 쓸 것이다

단 한 편일지라도, 시의 계절에 찾아올 누군가를 위해 마
성魔聲의 글을 적을 것이다

연못가 벤치의 시인

흑묘를 그리다

광활한 우주의 한 점으로 방황하던 너를
내 화폭에 앉히노니
넌 이제 자유로운 질문 속에서
편안하게 노닐 수 있으라

네 모습 검은빛이야
사람들의 눈에 들어 차있을 뿐
어찌
너의 엄숙한 심성마저 감지될 수 있겠는가

너는
한줌의 나르시시즘이요
영혼불멸의 이데아이기에
어찌
요물로 각인되지 않을 수 있겠는가

나는,
너에 관한 모든 철학이
완성될 수 없는 잔재임을 잘 알기에
여기에 어떠한 서술로도 증명될 수 없는

신성함으로 너를 정당화시키노라

사유가 소멸되는 시점에서
나 이렇게
너에 대한 존재와 시간을 붓으로 설명하노니
어리석은 인간들의 시대에 대상으로 남지 말고
네 의욕의 눈동자에 의지한 주체로 자리하라

흑묘

6월14일부터 11월14일까지의 연애 혹은 사랑

가장 잔혹한 사랑은 연애로부터 시작되는가

6월14일
많이도 설레었던
비극이 나의 육신을 갉아먹을 줄 전혀 몰랐던
소박한 우리의 만남이 시작되었던
하늘이 내게 처음 열린 것처럼 아름다웠던

그날

향기를 몸에 입은, 작은 인형 같은 여인
나의 충동은 전혀 어색할 것 없었고
위대한 태양이 그녀의 머릿결에 내리 쬐고 있을 때
와우!
나의 눈동자는 천사의 옷깃을 가로질렀다

미소는 순결함을 상징했고
허둥거리며 절규하던 나의 가슴으로
세상에서 가장 솔직할,
그녀와의 황홀한 동침을 생각했다

스물다섯해의 상상력으로 버티었던

어느 날 밤

실루엣을 바라보던 여인의 입술이여

나의 가슴에 묻혀 얼마만큼의 산책을 즐겼을까

땀내는 질퍽한 포도주의 향연

신음이 이마를 들어 고요를 깨우니

그녀는 나를 점령한 요부로 남고

나는 그녀에게 복종하는 남창男娼으로 살았다

금기여 부서져라!

8시간의 전쟁은 모든 윤리를 잠재우고

온갖 가식에 침을 뱉었으니

나는 그녀의 젖가슴에 스스럼없이 다가가

미친 듯 입맞춤하였다

그 긴 시간동안

나의 근육은 사그라질 줄 몰랐으니

얼마나 힘들었을까, 그녀의 가녀린 허리

뚜렷하게 짓밟힌 자국이여

몹쓸 내 손바닥에 채찍을 가했어야 되었다

그녀의 자그마한 손이

내 속옷 사이로 살며시 스며들어야만
나는 잠을 청할 수 있게 되었으니
죽을 것처럼 우리는 서로의 입술을 섞었다

어리석은 사람들이여
그대들은 말을 하지
사랑을 나눌 때 눈을 감으라고
어리석은 사람들이여
나는 그녀에게 사랑할 때도 눈을 뜨라고 말을 하지
그리고
더 가까이 다가오라고 속삭이지, 그녀의 귓불에 나의 입술
을 기대고서

둘만의 아이를 원했지만, 그녀는 이미 한 남자의 아내였기
에
오히려 내게 갈증만 달구었으니
다른 그 무엇도 나를 유혹하지 못했다
오직 그녀만의 능력, 이해는 사치일 뿐이었다

가장 잔혹한 연애는 사랑으로 마무리되는가

11월14일
나는 아무 말 없이 그녀를 떠났다

힘들어하는 그녀를 붙잡고 싶지 않았으니
모든 불행에서 자유로워지길 바라는 내 마음을 이해했을까

고독은 이별을 먹어야만 살아가는 걸
시간이 흘러서야 알게 되었으니
이제,
죽음의 밧줄에 얽매여 영면할 수 있다면 좋으련만

나는 눈을 감는다
스무고개를 갓 넘긴 아름다운 실루엣을 상상하며
향기를 몸에 입은,
영원히 사랑할,
작은 인형 같았던 여인을 부른다

그 해 늦가을의 눈물을 되새긴다

그는 죽고 나는 쓰네

적막의 밤 죽어가며 시로 버텼을

아프다

숨이 붙었으니 생각 보따리를 풀 테지
흔적을 찾는다
시인의 의자에 기댄다
그의 향기가 부른다
이러했으리라
온 주변이 사근思根이었겠지
당신에게 뜻이 있었을까

시집을 연다
공간에 담긴 사고들 글자 하나하나에 박혀있는 시인의 핏
줄 산소 호흡기를 떼기 전까지 그가 풀었을 암호들을 더듬자
내가 붓을 놓은 날 당신을 보내드리리다

그는 푸르렀을 초봄의 생명을 접었다

죽은 시인처럼, 세상을 적시기 위해 나는 글을 쓰고 그를
쓰고

제3부

8월의 크리스마스

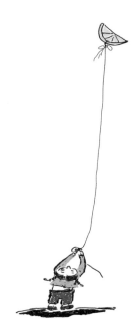

이별,

그대와

난

별과의 거리만큼이나

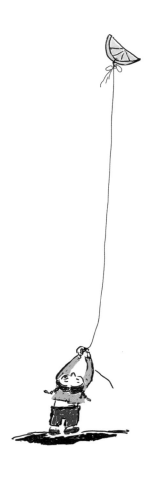

레몬을 날리는 아이

8월의 크리스마스, 그 두 번째 이야기

　세상에서 가장 아름다울 이별어로 만나고 헤어지고 앉아 있을 니-모습에 향기가 묻으면 당신의 슬픔은 내 맘에 한줄기 눈물로 흘러 파란 눈동자의 탄식으로 남으니 남은 추억마저 어찌 지울 수 있으랴

　위로받을 수 없는 작금에 지쳐가는 영혼으로 기대어 내 별 내 눈동자 앞에 오롯하게 서성이는 그리움 그대가 가져간 상처들을 예쁘게 포장하여 내 무덤가에 흩뿌리면 붉은 피가 내 기억을 덮기 전에 이미 장미꽃이 필 것을 알아차렸다

　어제의 차가왔던 네 뒷모습 이별의 풍경이 시간으로 흘러 내게 잔인하게 스치면 행여 겨눌 수조차 없을 이름으로 하늘 어느 아래든 매일 네 생각에 젖어 추억을 기약하려는데 마음엔 항상 겨울바람만 찾아오고 기어코 너 없음에 남겨진 내 삶에서 얼마나 목 놓아 부를 수 있으랴

　인생이란 각자의 먼 곳에서 바라볼 수 있는 그림 현실의 찬란함 속에서 겹쳐질 슬픔으로 우리의 죽음은 이미 예약되어 있는데 그 사차원의 세계에 행복을 맞추려할 필요가 있을까 아름드리나무 아래에서의 짧았던 포옹 지나간 내 흔적들

에 누군가 발자국 따라 찾아올 수 있으니 역행은 일상의 기
능에서 벌이는 탈출 사랑을 상실하여 이별의 위협을 느낀다

　자신의 모든 비밀을 육체에 감춘 채 한줌의 흙이 되는 얘
기 다시 사랑하고 싶어 돌아가는 너를 또 한 번 겪는다는 사
태 네가 앉았던 자리 그 공허한 의자 오늘은 다른 바람이 머
물러 알 수 없는 사랑인 것을 시간이 흘러 알게 된 널 애타
게 불러야만 시작 될 세상에서 가장 슬픈 얘기

　파아란 하늘에 걸려있을 미소만으로도 나를 사랑하지 못한
아쉬움을 이해할까 내 눈길 네게로의 직립보행으로 가녀린
영혼을 엿듣고 창가에 기댄 미소 하염없이 눈물을 불러내어
불행해지는 이유 널 볼 수 없다는 소소한 행복 더 이상 슬퍼
질 리 없을 불안한 미래는 서러운 달-빛이 된다

　너의 미소가 내 마음에 번져갈 때 멀리서 들려오는 음색
다시 듣고 싶은데 깃을 세워 돌아서면 네 손 날 붙잡을까 가
슴 조이며 바라볼 그리워진 풍경 날갯짓으로 가둘 수 있어
너만 내 아래 있다면,
　조금만 눈빛으로 슬퍼하면 되는 걸 눈부신 밤을 기쁘게 맞
이하는 그런 인연으로 모든 지난 시간들 깨져버릴 공간들 영
원히 함께 할 줄 알았던

네 두 손에 내리는 하얀 눈물 하늘빛 소나기 세상이 끝나야 조우할 수 있을 슬픈 연인아, 나의 남아있을 마음 한 가운데 숨겨진 속삭임이라도 네 귓가에 들려주고 싶은데 잡으려 할 것이 어디 시간뿐이랴 내가 너의 미소를 추억으로 살아가면 내가 너의 향기를 바람으로 살아가면 우리 다시 만나지지 않으려나

세상에서 가장 완벽한 이별을 향한 아픔은 너무도 닮았으나 내 안에서 영원히 잠들 그대 억겁의 세월이 지나도 우리의 사랑이 추억으로 남겨질 이야기를 찾아 나의 겨울은 너의 여름을 담아낸다

초원 사진관

삶, 그 조율에 대하여

기도하는 여인

지나간 내 흔적들에

누군가

발자국 따라 찾아올 수 있도록

남은 추억마저 어찌 지울 수 있으랴

이제

다시 돌아올 수 없다 할지라도

영원히

기억될 수 있을 모습 하나 남기려
내 마음에 비친 가녀린 모습들로 채워가니
숨죽인 채 떠나가려 하는 주변 시간들
내게
이해를 바라는 세상들로 넘쳐 남을 느끼고

비록
감당하기 어려운 색채들을 장면으로 맞이하여도
어느새 나는
소설처럼 이야기를 적시어 가고
피어나는 얘기들에 블루 톤을 그려 넣었음으로
멈추지 않아도 될 내 사연들로 조각 지운다면
견뎌내야 할 눈물조차 비밀로 흘려보낼 수 있기에

인생이란
각자의 먼 곳에서 바라볼 수 있는 그림
글쎄
굳이
그 사차원의 퍼즐을 맞추려할 필요가 있을까

저녁밥을 먹고 싶은 날

간밤에 하늘에서
슬픈 듯
낯선 천둥소리
그물 손질장이
동네아재,
각혈하다 숨을 살라
그렇게 통곡했나보다

수-노고지리는
키 맞은 무덤을 짓고
지어미와 한참을 울었다,
소리를 지르지 않아도 아팠을 것이다

소나기도 밤새 폭포처럼 울었고
풀잎에 모자를 덮자고
나무에 우산 하나 씌우자고
손자는 할아버지를 보챘다, 오늘
슬픔이 눈동자로 밀려왔다

구름이 던지는 말, 손자도 할아버지처럼 늙어갈 게야, 옛

날은 죽지 않아도 사람은 죽을 게야

　외진 숲 속에
　유들진 다람쥐는 민화투를 놀고,
　공기들의 호흡은 가빠지고
　아재의 영혼에 근육이 설 것이다

　가랑비는 아침에 다녀갔으니
　비둘기가 포르르 날갯짓 도망쳐도
　소쩍새는 이해하겠지
　지나가다 들른 우연한
　뉘 집 무덤가에 안주를 편다, 그제야 술을 붓는다, 취기가
가슴에 대못처럼 박힌다

　구릉지에 입을 맞추고, 저녁밥을 먹고 싶은 날

숨결에 그리움을 거두라

바람이
너의 온 몸에 입을 맞추기도 전에
나의 상상은
목선木船을 타고 너에게로 간다.

나뭇가지
잘 가라는 손짓을 하고
순간
소진한 하늘에서 마법처럼 눈물이 내리면,

비밀의 문 열린 듯
가장 멋진 무지개는 네 머리에 왕관을 씌우고
한창 아름다울 날에
나는 너의 기억에 입김을 불어 넣는다.

꽃을 들었던 나는
언젠가
너에게 나의 입술을 입혔고
너는 내게 줄 선물로 열매를 수확했으리.

숙명에 정박하기 위한
내 그리움의 상처가
바이칼 호수처럼 깊게 패이고
남은 한 줌의 촛불, 암흑으로 몸을 던질 때,

두 팔에 그리움을 담으라, 그대여!
사랑하리,
내 그리움에 울고 있을 것 같은 너를 위해
해바라기의 숨결을 거두리! ...... 장미의 숨결을 거두리!

너를 마음껏 사랑하다 죽으리!

바람

별바라기

별이 빛나는 밤을
소유했을
소소한 행복

찢어진 기억으로
돌아서야 될
길이었을지라도

저항 못할
한 단어로 남겨질
불평등의 수필

이별,

그대와
난
별과의 거리만큼이나

엄마의 별

구운몽九雲夢

빗물이 다른 빗물에 지워질까 사랑도 다른 사랑에 잊혀질
까

항시 돌아올 것 같은 얘기

눈부신 소설로 그려지는 수채화 속 입맞춤

기약의 시량時量 속 애절함에 멈출 수 없는 선비의 눈물

세상을 적시며 시작되는 파란만장의 매혹

뒤돌아 한 송이 붉은 꽃으로 피어 세우細雨같은 열두 줄의
가얏고를 튕기면 떠오르는 파안破顔의 팔색조

후일後日
흔적 없이 사라질 황홀한 신기루

양귀비와 벌

골목 연가

하늘이 손바닥을 감싼다

거친 손가락 사이로 태양이 들어오고 웃음대신 눈물 두 방울을 얻는다

하나는 그대를 위해 하나는 나를 위해

그리하여 눈물을 흘릴 줄 아는 능력이야말로 인간이 가질 수 있는 최대의 부가 된다

낡은 전봇대 앞 골목에선

이전과 같은 찬바람이 내 살을 에고 수직으로 떨어지는 햇빛마저도 이젠 아름답지 않고 오래전 나뒹굴어 박혀있던 내 눈물도 녹여주지 못하는 무딘 에너지를 향해 나는 두 눈 멀어지도록 덤빈다

떠나는 것을 목적으로 이 자리에 왔던가

아니지

그냥 슬픔을 꾸려 세상을 속이기 위해 찾았을 뿐 이제 다시 그 시간을 담아보면 회유해보면 그리하여 네가 가졌었던 그때의 은밀한 생각들을 만져볼 수 있을까

기억이 한 곳으로 모이고 가끔씩 네가 가져간 시간을 걷는다

손에 잡힌 공기들이 작정을 하고 메말라간다

나는 골목에서 노래를 부르고 저마다의 그림자를 가진 아이들은 마냥 뛰어놀고 햇빛은 온 우주를 감싸고 낮이 되고 밤이 되고 또 새벽이 된다

그리운 시간 속에 새로운 그리움이 박힐까 두렵다

어느덧 내 나이는 스산한 황혼

먼 길에서부터 가로등은 밤새 나랑 걸었다

네 웃음소리가 이명耳鳴으로 다가오고 비둘기는 나의 이별을 축하하며 차가운 박수를 친다

봄은 밀려올 차비差備를 한다

골목길

이별 눈(雪)물

바람이
온몸을 채찍질하면
날아가 버릴
연약한 육체와 헤어지기 싫어,
하지만
사그라질 수 있을,
스러질 수 있을,
사라지는 날갯짓 같을,
나의 따스한 손으로 너의 비명悲鳴을 포옹한다

한 해를 기다려
웅크렸던 손바닥 패인 무늬를 따라
세상에서 가장 맑게 사라지기 위해
천국天菊으로 내게 찾아온 너

네가 남긴 눈물 한 자국
녹아야만 투명해지는
그렇게 넌 사라지고, 넌 그렇게 사라지고……
알리바이alibi일 수 있을,
나는 우아한 자태姿態에 침묵할 수밖에 없다

오늘따라 보고픔이 참으로도 멀리 갈 것 같은 날
내일을 맞이하여, 나는 빗물에 연서戀書라도 쓰고 싶다
같은 생각으로 천국天國에 있을 너를 향하여
나의 시선이 머무는,
그리움이 생긴다는 건 행복한 일이다

세상에서 가장 가냘픈 삶을 위해
햇빛이 아름다울 날
나의 입김을 너의 기억에 불어 넣으면,
너는 새벽마다 내게 별빛을 던져주겠지

길이 하늘 끝으로 흐른다

국화

수평선

고독의 세상 찾아
바람 불던 파도길 너머
아득한 곳으로
떠나며

안개의 날갯짓
앞이 보이지 않아도
오직
한 장의 추억으로
띄우는 엽서

쓰라린 시간을 달래주는
바다의 품에서 헤엄치고 싶어
어린아이처럼 중얼거리는
나는 이제 중년이 아니다

살아왔던 주소를 상실하고

더 이상 공간이 덧없어져감으로

태양 아래 덤비는 갈매기처럼

꿈은 자유와 조우하니

이제야

나는

평화롭게 죽어갈 것이다

D.Y.Kim 2020. 7.

바다가 보이는 언덕

나는 너를 굴복시키지 못하였다

너는
나의 남근에 의해
살점이 찢기어나갔지만
나는
너의 마음마저 얻을 수 없었다

너를 만나며
어떤 안도의 한숨조차 쉴 수 없었기에
누구의 축복도 달갑지 않았다

나의 욕구는
인내가 과녁인 양
끊임없이 너로 인하여
용솟음쳤고 낙하하였다

24시간 무뇌아처럼
정처 없이 떠돌아다녔고
지껄이는 것들은
모두 헛소리일 뿐

허나

너는 즐겼다

내가 너로 인해 자멸할 것을

잘 알고 있지 않았던가

복수

네가 쓰다듬을 때

나는 아무 것도 할 수 없는

무중력의 상태로 살아가야했으며

너는 아무런 관심을 가져주지 않았다

순결은

너의 것이 아닌

나의 것이었음을

느리게 아주 느리게 빼앗기고 있었다

네 목덜미에 키스하던 날

너는 이미 너의 허리를 나에게 내주었으니

벗어날 수 없을 황홀이었음에

나는 이미 너에게 죽음을 담보하였다

악몽들이 지나가고

우리의 시절은 추억 한 방울도 되지 않았음에
그대는 말하라,
나를 사랑하지 않았었다고
나를 저주한다고

지금

투명한 빗방울을 기다리고

비가 오지 않아도
내리는 목소리 들을 수 있을까, 우산을 쓰고 싶은 날
어둠을 뚫고 나타나는 길 하나

그 옆

호숫가에 바람 한 점 헤엄치고
나는 천 개의 질문을 던지니
너는 소리 없이 내 머릿결에 앉는다,
하지만 아주 능숙한 자태로

찾았다

나의 들뜬 시간은 다시 너로 인해 살아나고

혈관은 뜨겁게 끓어오르니 수온계는 수명을 다하여 깨지고
만다

이 아름다운 중년을 위한 노래
백색의 갈매기 떼 창공에서 이미 분주하다

그 뒤

깊은 숲 속 밤은 잠을 청하고 투명한 하늘을 기다리며 새
벽이 세상을 밀쳐낸다

아침이 되면 꿈같은 어제를 잊어버린다

삼학도

달빛 열구름에 묻히니
흩날리는 머릿결
드리워지는 기억
삼봉三峰 사이로 흐르는 미소
바람 되어 흔적으로 지워질 날을 기다리는
건네줄 말 한마디 없는 서러움

여인
물거품처럼 눈감으면
사라지는 바람에 떨어질
앙상한 나뭇잎으로 살아가는 모든 사유
단 한 번의 애절함에 깨져버릴 미소
단 한 번 흐느껴 지쳐갈 애처로움
비창이 묻어나는 눈가

세 개의 화살
미학의 이별을 말할 수 있으니
수직으로 죽어가는 눈물
한 손으로 감출 수 있을
바라보기만 해도 좋을

단 한 번만 추억이라 하기엔 가슴이 차갑게 젖어 다시 만
날 수 없는 아름답기만 한 서로

모르게 사랑한 그대

빗물

슬프게 젖은 두 뺨 모르게 백학白鶴의 어깨에 살며시 눈물
한 방울 고이고

천리 길 그대 나의 시간을 반길 리야

서글픈 단상으로 지워지는 한 줌의 기억

내겐 더욱 선명하고

익숙한 이별 장면의 미래에 또다시 주인공으로 남고

그대를 위한 침묵은 남아있는 단 하나의 선언

차라리 순응할 수밖에 없는 죽음

훗날 반드시 돌아올 것 같은 수채화 속 얘기

소나무에 비낀 붉은 저녁노을

눈물은 슬픔의 논리적 규명체이다

너의 슬픔이 논리적으로 규명되어질 수 있을까[1]

나와 이별하는 네가 운다

나는 네가 슬픔에 대해서 말하고 있다고 假定(가정)한다

이것이 참을 의미하는 것은 아니다

너의 눈물이 가질 감정은 假飾(가식)일 수 있다

나의 '눈물'이 너의 슬픔을 지시하는 것만은 아니다

형이상학의 슬픔 형이하학의 눈물 너는 내게 슬프다고 말하지 않았다

너의 눈물은 너와 관련된 사태를 내가 오해할 수 있을 충분의 여지

너의 눈물은 내가 너를 나만의 방식으로 분석하는 한에서 정직한 기호

너의 심리 현상을 그대로 수용하기란 쉽지 않다

너는 나의 추론을 용인하는가

너에게 눈물은 슬픔의 명제 나에게는 하나만으로 불가능한 定義(정의) 나는 유일한 진실일, 오직 너의 (슬픔이라는) 사고가 (눈물이라는) 행동에로 정향[2]되어 있을 경우(의 수)를 바

---

1 시인 故 기형도 님의 〈雨中의 나이〉에 딸린 副題
2 철학자 앙리 베르그송의 주 철학

란다

감정이 형체를 얻는 사건[1]이어야 한다

너의 눈물은 별리를 비창으로 풀어낸 기호 그것이 기호인
한, 슬픔에 가장 부합되는 이미지론 네 고독의 아우성이자
속울음의 아름다운 비명 나의 심장을 녹이는 그럴듯한 까닭
이자 네가 지닌 아픔의 견고한 연대기다

너에게 분명한 나에게 불분명한 패러다임 너에게 주어진
특권의 감정이자 네가 만들어내는 논리의 슬픔이다

眞僞(진위)를 동반시키는 目水(목수)[2]다

---

1 시인 곽은영 님의 《관목들》에 사용된 언어
2 木手를 目水로 비틂

두 개의 밤으로 죽어간 사내

1

사내는 잠자리에 들기 전에 그녀와 처음 만났던 날을
떠올렸다
밤마다 새로웠을 것이며 이별을 망각하는 한, 그녀와 함께
한다는 그-시간의 연속성이
제거될 수 없었다

쾌락주의와 도덕의 결합 따위는 중요하지 않았을
자신의 강박관념을 실천해야 잠에 귀속될 수 있었을

차가운 밤에 그녀를 떠올린 것은 그가 저질렀던 이별의
프로토콜을 단죄하려는 의지 때문이었고 알렝 핑켈클로트의
바레스에 대한 찬성을 빌어 '상상할 때조차 그녀는
능동적이고 창조적인 접근의 대상이 아닌 그저 수긍하고
따라야 할 실체'임을 인정했다
그가 자신의 생을 연명할 수 있었던 단 하나의 이유는
가치라는 개념에 대한 정의를 내릴 필요를 느끼지 못한 채
오직 그녀의 존재만으로도 세상은 그가 펼쳐야 할 사랑으로
가득 넘쳐나기 때문이었다

2

"시간
기억으로 침잠된 질투의 기록
신께서 내 누울 자리에 안겨질 안성맞춤인 것으로
알아차리셨을

쾌락의 참회
고통의 참회

모든 기억을 한 장면으로 드러낼 수 있다면 작은
부끄럼조차 차치될 수 있음을
내 진정성으로 회귀될 수 있을 거라는 그 수다한 세월
후를 기약하기 위해 얼마나 많은 거짓을 일삼아 왔는지
너에 대한 나의 모든 질투는 부질없는 어깃장이며
낡아빠진 고독의 감상
나는 왜 너에 대한 사랑을 외우려고만 했던가
위로받고 싶어 하늘을 향하여 토로했던, 늘 고독을
추구했을 내 탄식의 청춘이야 M 너를 만났었기에 완벽한
사랑에 도달할 수 없었던 서사
헤어짐은 곧 나에게 죽음일 것이라는 가장 서글픈 다짐의
그럴듯한 숨죽임을 좇아 견뎌왔기에
그 죽음이야말로 일반화된 과거가 가시적으로 사라져가는

것임을 이제야 알아차린 내가 움푹 패인 관자놀이에 애증의
육혈포를 겨눌 수 있을 가장 두려운 선택
그 누구에게도 내 단 한 점의 핏방울이 튀기지 않을,
그리하여
사느냐 죽느냐, 죽느냐 사느냐 그 두 개의 결단이
요구되는 어둠
땅에 스며들어 녹아 사라져갈 나를 위시한 모든 숨죽이는
것들"

3

한기寒氣가 이미 도착해 있었고, 스스로 자신을 버린 그
사내 곁을 지킨 건, 빈 소주병 두 개
오시마 나기사 감독의 〈감각의 제국〉을 좋아한, 매일
그림자처럼 뒷모습으로 서 있던 그는 모든 기억들이 가슴에
박혔고 그 기억들에 독약을 묻히고 싶다고 내게 말했다
자기라는 유기체가 점점 썩어 들어가고 있다고 늘
눈-버릇처럼 말했었건만 그가 자살하기 전까지 나는
파악하지 못했다
그의 사고思考를 마름질하며 조각난 꿈들을 대신 맞추려고
했던 어리석은 나였다
매일 아픔으로 혼자 잠들었을 그의, 늘 갈 곳이 없어

행복하다던 쓴 웃음이 떠올랐다

죽음이야말로 가장 일반화된 과거-존재가 가시적으로

사라져가는 변증이므로 나는 요람에서 무덤까지를 상상했다

중국토기 _춘화

출처 : 네이버

페르소나

　기억들의 대열에서 살아남으려는 생각들이 나의 뇌에 시비를 걸고,

　아름다움과 환희의 육체 내게는 항상 네게로 가고픈 욕망으로 널 갖기 위해 얼마나 많은 눈물이 필요한지 너는 모르리

　어제와 같을 생각들로 사무친 네 숨소리는 어딘가에서 나에 대한 그리움으로 다시 돌아올 얘기들에 대한 착각에 빠져들게 하는데 어떤 생각을 하며 있을 너의 그 생각을 예상하고 그 생각을 들으려는 나, 더 이상 잃을 것 무엇이랴

　살며시 미소 짓는 나를 네 눈동자에 담아 처음 이별했던 여름날 그 자리에 되돌려놓으면 네 슬픔이 빗물에 잠겨 겨울날 내릴 뜨거운 햇살에 증발되어 함께 할, 우리의 봄날로 남겨질 수 있을까

　널 사랑했던 얘기를 내 꿈에서 너에게 건네줄 수 있다면, 비록 감추려했던 그리운 시간들을 지워지지 않게 끄집어내어 간직할 수 있을까

황홀한 나르시시즘에 젖어든 나의 시선

선재하는 심리적 조건인 내 모든 기억은 가슴 터질 듯 가
장 순수하고 겹차적인 충실의 본능 미적 직관에로의 명백성
에 담보된 신비스런 소우주로의 탐닉
조화로운 유기체로서의 너에 대한 끈질긴 구애
깊어질수록 알 수 없는 세상에서 가장 진지한 테마
오직 명사로서 존재하는 모든 피-수식어들을 거부하는 내
사랑

그렇게 너는, 내게 다가오는 영원한 사십 대 중반의 페르
소나이자 생생한 신비

누드모델

Reminiscence: the act of remembering
events and experiences from the past

커튼, 깨어있는 어둠을 흡입하면 별빛, 그녀의 알몸을 실
루엣으로 조각했고 평원 가장자리 보드라운 언덕 무성한 숲
그리고 검붉은, 그녀의 가장 깊숙한 곳 습기에 젖어 벌어진
틈 지나치게 향기로운 수액 냄새 너무 아름다워 둘 곳 몰라
허우적거리던 눈동자, 길 잃은 나의 혓바닥은 모든 구석을
헤집고 다녔지

  잠든 그녀의 젖가슴에 나의 입술을 포개고 얼마나 지났을
까 그녀를 감싼 조명 아래 흥건한 땀방울을 씻겨 주고 아마
도 우린 따뜻한 바람 풍경 아래 산책을 했지. 잊을 수 없는
입맞춤, 기억나!

  시간이 흐른, 또 한 번 거닐었던 흐릿한 살색 능선

  새로 한 시의 종이 울리며 세상에서 가장 야했을, 반딧불
에 드러난 그녀의 무릎 난 그날을 떠올리며 눈을 감는데 사
라져버리면 어떡하지 못 다한 말, 어떻게든 당신을 사랑한다
고 내 맘은 늘 그녀에게 건넬 詩(시)로 가득하다는 걸
  불안한 질주의 끝 어떻게 알아차렸을까 돌아서려 해도 돌

아설 수 없었던 마음인 걸 함께 떠날까, 난 왜 그 얘기를 꺼내지 못했을까 그리워함에 살아가면서 말도 잃어버릴 것 그 이상 무엇이 존재할 수 없다는 걸 잘 알면서도, 바보처럼

만남의 마지막 장면에서 그녀가 말했다 함께 힘들 바에야 서로 그리워하는 게 낫다고 때론 헤어짐이 추억의 완전체를 만든다는 것을 내가 비겁해도 좋을

후훗!

이별, 그 종착역에 면사포를 씌우던 저녁, 용서는 모든 아픔을 감싸주었지만 남겨진 기억들이 상처 가득한 피로 얼룩져 그녀를 사랑해온 나의 두 볼에 떨어졌다

해가 뜰 때도 달이 비출 때도 나는 늘 후회를 하겠지 오늘은 과연 어떤 밤이 나를 후원해줄 것인가 내가 저 하늘을 지향하며 죽어갈 그 순간에 스치는 얼굴, 결국 단 한 사람

이제야 내가 그녀에게 하고 싶은 말, 단 하나, 나는 사랑할 때조차 가학적이었으니 떠나간 그대여, 기억에도 손을 흔들라!

In Memory Of The Night

With longing in my arms
in memory of the night,

I'm trying to stay in the starlight
because my love is losing its place to go,

Getting you out of here in a poem
and
I'll put your soul in my dim shadow

제4부

의미

전(pre)언어적 존재인

너에 대한

관념너머 실재로의 몸짓

소유 불가능한 대상으로서의

너를 재창조하려는

유아론의 우주

나무와 새와 아이

의미

감각성으로
타자를파악하려는
헛된시도

공상의시선으로
단정지으려는
허무의나르시시즘

단연코
보이지않음으로획득될
생생한상징계

권태倦怠

염혼殮婚

이승을 떠나기 전 아주 오랫동안 느낄 수 없었던 오르가즘
으로 한 베개를 사용하는 내 숨소리는 암투의 미학을 간직한
심야

'사랑'이라는 유혹의 이미지는 진부하고 가증스런 잔혹사
짜릿한 상상想像, 배반背叛 그리고 강렬한 입맞춤
불편의 익숙함으로 차치될 수 있을 야비한 파정破精
반복의 어색함마저 무뎌지는 사후-포옹事後-抱擁

나로 인해 고통 받는 육체를 즐기는 건 세상에서 가장 아
름다운 유U자형의 젖가슴을 지녔던
몰래 담아둔, 젊었을 이 여인의 나신裸身을 보는 것만큼이
나 찬란하게 나의, 뇌-충족腦-充足으로 귀결되고

오래된 기억으로 추억 또한 녹슬었다는 것 분명하기에 기
존과 완벽하게 다른,
너머

잔인할 만큼이나 색다른, 나는

벌거벗었을 때만큼만 파시즘fascism이었으면 한이 없겠건만,

이 여인과는 같은 공간임에도 같은 시간이 아니기에 미칠 듯 더 짙게 느껴지는, 예상할 수 없었던 시간 속의 어딘가에 아직도 있을 전, 전, 전-연인

지금 아내 몰래 그녀의, 미소가 가득한 향수병을 꺼낸다

독서하는 여인

색의 침몰 그러나

노란 장미 - 질투

핑크빛 장미 - 사랑

사랑하고 헤어지고
우리는 그렇게 침몰하여
세상의 아름다운 얘기들을
힘겹게 모른척하며 떠나보내고

무언가를 향해
자연스럽게 다가갈 수 있는
그리하여
모든 색으로 만물을 담아내려는
무모한 시도로 자신을 만들어가니

캔버스에 담긴 눈부신 표현
정해지지 않은 색채에 멈추어진 시간들

어느 소설에 등장하는 장면들을 그린다는 것
아무 것이나 적어두고 싶지 않은 작가의 소망을 담은
그대는 그렇게 자신을 몰입시키려 했는지

붓에 담겨진
하지만 쉽게 길들여지지 않을
요동의 하늘, 고요의 땅
오랜 기다림 후에 펼쳐진 손끝의 침잠
남겨진 흔적에 경의를 표하는 수많은 눈동자들

호모 스포르티부스Homo sportivus

하늘이 태양을 품고 불을 뿜을 때 들판에서 호응하는 거친 생명체들 촉촉한 빗물, 젖어든 빛깔은 짙어지고 뾰족 솟은 바늘처럼 갈퀴를 곤추세운다

한 떼의 야생마 오늘은 아레스Ares와 함께 미치고 싶은 날 움직이는 공간 빙빙 도는 시간 작금에 순응할 수 없는 놈들만 승리자가 될 수 있으니 걷는 것보다 달리는 것이 좋고 온전한 것보다 완벽하게 엇나간 것이 멋질 것이다

움직임은 시간에서의 강렬한 찰나 빈 곳을 채워다오
통쾌한 승리의 시각이 다가오면 나는, 장렬한 진녹盡綠의 사초莎草와 포합抱合하니 저 멀리서 응원하는 그대들이여 울부짖는 내 자신이여 달리고 있으니 이렇게 땀 흘릴 수 있는 거다

펼쳐진 세상이 목마름을 뜨겁게 달구니 그리하여 다시 증명하자,
우리는 이제 육체가 아닌 한 무리의 긴장인 것을 변화무상의 공간이요 춤추는 몰인 것을 정열은 오직 우리를 향한 것

이요 공간으로 확장되는 것임을 그 형태들에 남겨진 체험의
흔적들에 관한 것임을

왜 이제야 깨닫게 되었는가
때로는
목적조차 즐겨야한다는 진실을......

누드모델

누드모델(상념)

세상에 던져진

경건한 벌거숭이

만인의 지표는

항상 당신의 관능

단지

난

그것을 바라보는

하나의 시선

버려질 것 하나 없는

소박한 육체는
포착들의 시달림에
얻을 수 있는
금지된 고통 후의
소멸되는 자산

가식의 갈채조차
담을 수 없고
상실의 대가代價로
향락조차 누릴 수 없는
거룩한
노마디즘의 생애

파도를 삼킨 여인

새벽을 포옹할 때 기지개를 펴는 바다

날개들은 고요하게 박수를 친다

숨결 하나 서성거리고

가로수처럼 무명의 여인

외롭지 않지만 며칠 째 혼자다

무얼 찾는지

그녀의 발가락이 모래 입으로 먹히고 토해낸다

어서 오라고

바다가 멀리서 그녀에게 파도를 보낸다

바다의 마음을 알아차린 듯

그녀는

사월의 나비처럼 짙푸른 황혼 속으로 날아가며

미소로 모든 파도를 삼킨다

어쩌면 바다를 부수는 것일지도

달콤한 인생이었기에 짠맛이 필요했을지도, 그렇게......

바다는 속울음을 솟구치고 거룩한 반역反逆으로 사라지는
이름 하나

시간을 통과한, 침묵의 세상

여백

칠감이
필요없을만큼의
무색무취
비어있는
공간일수밖에

하지만
세상에대한보답으로
아름다운공유를해보는
기적같은
소중한공감을이끌어낼수있을,
그게나의책임이기에
내가살아가는이야기이기에

모든
담길이유들이야수많은데
거창한자신감으로만들어낼연속성위에
아주
작은점하나로시작하여

온

우주를완성하고싶은데

그렇게

빈곳을채우고싶은

마음뿐인데

근육 시론

욕망이
성스러운 나의 상징을 연역적으로 정당화시킬 수 있다면
근육의 입체적 깊이를 볼 수 있을까

'본' 것에 대한 '입놀림'에 경도되어 있다면

감춰진 고통들의 점철
지리멸렬의 파동을 견뎌왔을 혈관들
페티시즘의 효과에 목표를 두지 않았음에도 우리는 어찌하
여 설정된 맨살에 천착하는가

거부될 수 없는 본성으로 다가온 체험의 법칙
단칼에 결정내리고 싶었을 아귀[1]의 요동
르네 데카르트의 사유된 몸이 아닌, 메를로-뽕띠의 '살'
물리적 공간과 심리적 시간의 상응에 불복종하여 이루어
낸
비-해석의,
시간의 경과에 따른 황홀한 귀납

---

1 아귀: 가닥이 지게 갈라진 곳

예외를 허용해선 안 될 태동의 순간

육체의 공간화 된 엑스터시ecstasy적 시간으로 황홀한, 연역적 지속으로 행해지고 있는 역사적 사실들의 반복, 철저한 자아 인식론

체험에 동반되는 인내忍耐의 미美

침묵의 구조에서 탈피된 감지 가능한 세계 내 존재로의 환원

하여 철학적으로 완벽한 존재에 정량적 질서 따위가 요구되는가

순결

더이상의순결을바라지말자
저꽃도사랑의아픔이있으리
뭇나비와섹스를벌인고귀한몸이여
거친소낙비에씻겨지지마라

혹

세화世花들이너에게손가락질하거든
천마리의나비들과어울려
네품에안고황홀한밤을즐겨라

그래도분에차지않거든
스스로폭풍의언덕에올라
너의허리를분질러라

차라리그렇게죽음의기억이되거라

천 송이 꽃

한 컷

내게가장야한장면은오직그녀로부터시작되었고오직그녀에의
해서마무리되었다

벌거벗은그녀의미세한움직임은나의모든숨가쁜순간들을앗아
가고나체의나는그어떤저항도용납될수없었기에난그저그녀의입
술에의해삶과죽음의가쁜호흡만토해내기바빴다

그녀와의섹스가처음부터끝까지해명될수있다면난재생의필름
으로다시금시도하고싶은데가장복잡하고조화로운유기체로서의
그녀에대해강렬한여덟시간의흥분속에서헤어나오지못하도록내
마음껏조작할수있는버튼을어떻게찾을수있을까

선재하는심리적조건을완벽한섹스라는육체적조건에맞추어나
의물질성을그녀의순수공간에삽입시키려는이차적본능이야말로
진정으로길들여진습관속에서그녀를오직나만의확실성에가두고
싶은일차적본능에로의충실일수밖에

그러면그녀에게로의내가가진아킬레스건을제거시키고단순한
미적직관에로의명백성을토대로그어떤개연성도허락하지않는가
장순수하고인간적인신비한소우주의탐닉에도달할수있을까

한 송이 꽃

편지

　그녀에게서 보내진 나는 두 쪽으로 너의 무릎에 살며시 놓인다

　네가 그녀의 언어를 탕진하기도 전에 사랑은 나의 얼굴에서 바람으로 일더니 너에게서 멀어지라 읊조린다.

　너는 나의 소멸을 바라며 나더러 몸짓을 그만두라 한다

　처음부터 나는 너의 것이었나 보다

　나의 역사는 그녀를 알게 된 후부터 늘 너와의 이별에 대한 잔인한 투쟁이었다

　그녀의 겨울을 녹이기 위해 내 모든 슬픔을 태웠고 너는 지금 미취微醉의 눈동자가 되어 나의 피부를 조심스레 훑는다

　순간, 빗방울이 떨어지고 내 몸 하나가 으깨진다

　떠날 그녀야 떠나면 된다지만 남아있을 너는 어이할까

　이제 그녀는 씁쓸한 미소로 돌아설 것이며 너는 감춰둔 아픔을 깁고 네 잘못의 기억을 더듬어야 한다

　하나의 선언 너에게는 기다림조차 욕심이다

　안개가 자욱이 네 마음에 끼고 추억이 그림자처럼 캄캄하다

고개를 떨군 너의 등에 어둠이 지고 바람이 숨을 멈춘다

언제부턴가 내리던 진눈깨비는 온통 검은색인데도 회색이
다

변하지 않는다

바람에 나부끼어 안개를 비참하게 부수고 젖은 나뭇가지에
파편으로 박힌다

거덕거덕해지는 세상이다

몹쓸 밤

소리 없는 발자국 소스라치는 발자국 너의 두 눈에 어제의
금빛 노을이 물들어가고 나는 고통의 타자가 된다

슬픔을 숨긴 창밖은 여느 때처럼 고요하고 침묵의 발자국
만 소란騷亂으로 찍힌다

나는 너에게 이국異國의 부스러기다

석류

꽃이 피다

밤새
나비들이
소동을 벌인 들판
어른들의
한숨 돌린 여유가 묻어나고

이제야
잠을 청하려는
아이들의 신호를 알아차린 태양이
따뜻하게 이불을 덮어주니

포근한
이 동네에
낯선 내가 훼방 놓을 곳이
감히 있겠는가

내 멀리
찾아 돌아온
은자의 오두막이건만

여기서
돌아가는 것 또한
내 삶이 아니겠는가

그저 웃는다
꽃이 피다
마음이 피다

촌가

여운 시餘韻詩

나의 성장 호르몬은 그대를 알게 된 후 오로지 희미해질 뒷모습에 길들여지는 식민지로서 기억을 돋우니 시월의 가슴에 손을 얹은 채 지상에서 가장 아름다운 그대의 머리카락이 노을에 불타는 것을 볼 때마다 나는 묻고자 했던 모든 의심들을 고쳐 맨다

새로운 거름을 주어라 새로운 거름을 주어라

너의 마음을 신청하면 나의 음악이 흐를까하여 낮은 밤이 되고 밤은 낮이 되었으면 싶을 내 욕심 어느 커피 색깔로 앉아있을 네 모습에 세상의 모든 사연은 추억으로 변하고 비가 내리는 모습의 그림으로 다가올 것 같은 수줍은 하늘

만지작거리려 손 내미는 시든 꽃다발은 추억의 생채기 그대 등엔 못다 내려진 아픔이 업혀있고 치다만 피아노 건반 위 하이얀 손 기어이 오늘마저도 변하지 못할 나의 시로 추억을 짓고 너로 인해 두근거리는 별 너로 인해 흐리게 더듬어지는 별 너로 인해 죽어가는 별

가을이 내리고 꽃잎이 스러져 자기 자리에 가라앉으면 차례차례 색깔의 나이를 걸친 그 낙엽들은 스스로 포박하여 예쁜 보금자리를 꾸밀 것이다

슬플 것 무엇이랴

저 먼 지평선에 새로 올 봄빛을 꿈꾸어 뽀얀 공기 중에 떠다니는 '사랑'이라는 리듬을 손끝에 담아 아름다운 회한으로 서성거리면 그 희미한 시간마저, 무르익은 체온으로 다가올 기억 검은 하늘색만큼이나 젖어있는 나의 눈망울 그대만을 사랑했던, 가장 소소한 진범일 가능성 믿음의 내부에 남겨진 녹슨 애증의 칼날 나의 여운은 네가 존재했던 상실의 시간으로 들어간다

내 모든 계절의 끝에 매달려 있는 추억으로 녹는 시간은 아픈 기억의 마몽魔夢 눈물이 수직으로 죽어가는 밤 오만으로 너를 품으며 한 모금의 시린 결별을 삼킨다 아직도 갈망을 입히어 빗물로 목을 축인다 여음餘音이 쓰다

보리밭의 양귀비

연애

오직,

전(pre)언어적 존재인
너에 대한
관념너머 실재로의 몸짓

소유 불가능한 대상으로서의
너를 재창조하려는
유아론의 우주

나-너라는
공식에 충실하기 위한
암묵적 물음의 지속

Road

In the wind

far away

for fear of being scared by the footprints,

memories of silence bring to lights

to embrace the longing

산모퉁이 길

제5부

발걸음

눈물이야 이별에 대한 예의로 흘리는 생채기 헤어졌기에
아름다울 수 있어 옛 마음으로 갈아입는다

두 그루

발걸음

하늘,

밤을 수놓았던
그 많은
별들

먼 산을 보라

천리 길 그녀
서글픈 단상으로
나의 오전을 반기고

지워지는 기억하나
내겐
더욱 선명하고

오늘도
나의 미소는
추억으로 발걸음을 적시겠지

나였던 그 아이는 어디 있을까

못 견디게 그리워해본 적 있는가

내 어린 시절의 사연들은 꼬깃꼬깃
한 편의 시가 되어 어느덧
자그마한 기억의 모퉁이에 자리 잡는데

한달음에 달려온 유년의 시간들
그런데 지금
안도의 숨과 함께
왈칵 눈물이 나는 건 어떤 이유일까

바라보는 별, 바라보이는 별
어떤 것을 찾아 내가 걸터 앉아있는지
빛나는 것이 아니라, 비추어지는 것이기에
슬픔마저 사랑하는 사람으로 비춰져야하거늘

말없이 모든 것들과 정들어가는 소박한 꿈을 꾸며
세상이 내게 등을 떠밀어 그림에게로 가라 하면 어쩔까
내가 서 있는 자리가 그때 꾸었던 몽환의 자리던가

어린 시절 그토록 가고 싶어 했던 뭍에 올랐던가

그리하여
이젠 젊고 아름다운 화가의 모습으로
짊어진 숙명을 연출해내고 있는가

아니면
지난 시간을 못 견디게 그리워하며,
나였던 그 아이를 찾아 헤매고 있는가

산수유 피는 마을

내음

낚시하는 가족

향기로 세상을 적시고
내 마음이야 무표정한 소설 한 자락
벗 삼은 지난의 세월은 버려질 추억 한 토리
지울 수 없을 그 날 바다,
어쩌면 동주의 바람이었을지도

간데없을 밤-그림자 속 눈동자
어여쁘다

치졸하지 않았을 마음으로
스러져갈 기억에 눕혀지지 않는

흰
한줄기 문장으로 감싸고자
애기 파도는 무작정 달려와
가여운 모래성에 당도하고

돌아서지 않을 나약한 기세
스치는 이성으로 적시어 간 첫 만남
회상이 아니었을 끝 무렵의 생채기
무감각한 별처럼 너의 회색 미소
너로 인해 잘려지는 내 사고들

배니쉬

네가 떠나는 장면마다 반복되는 새드 무비sad movie
내미는 날숨이야 그저 한 조각의 파열음
시간이 바다 풍경으로 흐르고 나서야
나는 깨달았다

너의 눈물을 좇아 내가 울고 있다는 것을

빗물

젖은 세상을 함께 걸어갈 수 있게
얼룩진 그대의 모습을 마음에 옮긴다

오늘
그대가 빗물에 살고
나의 창문은 태양을 기다리는데
때마침 구름이 걷힌다

그래도 내 마음은
베르그송Bergson의 시간 속에서
잿빛 오후를 걷고 있다

시간은 그대가 되어가고
나는 질문을 던진다

왜
시간은 항상 그대에게 머물러있는지

소나기

소녀가 울고 있는지
차가운 등줄기
너의 이야기는 지워지지 않을 노래
온 장면을 회색빛으로 물들이고

처절할 수 있기에
모든 것을 잊고 살 수 없기에
사랑으로만 흘릴 수 있는 눈물

소녀를 만나면서 시작된 슬픔
건널 수 없었던 그 좁다란 강줄기
넘고 싶었던 아지랑이 같은 꿈
기다림으로 변해가는 그리움
점점 설레어가는 다가올 시간들

우는 것조차 너에게 자그마한 아픔이 되고
반-박자 늦게 사랑으로 변해져가던 슬픔
떠나간 소녀 생각에 잠을 뒤척일 때
소설은 서서히 마무리되고

소나기에 온 세상이 젖는데

효풍曉風

모든 계절은 하얀 눈(雪)

내가 너의 선명한 눈동자로 봄-색깔을 걸칠 때 세상에서 가장 외톨이를 비웃듯 공중에서 맴도는 적풍積風은 시끄럽게 합창을 한다

무엇을 들으라는지 어디로 가라는지 고집스럽게 매일 찾아오는 이유나 말하지

만남은 길었으나 사랑은 짧았으니

남은 건 단 한 장의 사진

눈동자는 비춰진 모든 것들에 버거운 슬픔을 부여하고 뇌속을 서성거리던 문장들이 소멸되는 찰나刹那 보고 있자니 그저 허탈한 웃음 그리고 눈물 이제야 흘릴 수 있는 건 그나마 한줄기 미련 멈춰있는 듯 나의 숨이 희미하게 뛰는 지금 추억을 깨닫게 해주는 이 사진 속의 네가 미소 지을 때 나는 온통 네 이름으로 덮여있는 검은 종이 위에 적고 또 적어 닳아야 할 하얀 종이 위에 내 기억의 끝인 너를 연거푸 담는다

탄식으로 머뭇거리는 내 입술에 다가온 의미 주목해야 할
참회의 날들에 대해 낯선 색깔의 노을이 나를 비추는 시간에
온 생각은 거짓의 논리로 가득하게 될 텐데

보잘 것 없던 법칙들을 향해 고함지르던 비극은 위대한 침
묵으로 일관되어야 할 두터운 고통으로 변해가니 뒤틀린 생
애를 맞이해야 할 희극의 운명으로 나는 선택할 틈도 없이
비틀대는 밤을 건넌다

이제 어디서 살아갈까

모두가 나를 잊었을 지난겨울부터 미적대던 나는 시간 몰
래 발뒤꿈치로 이동하고 있다
내 새벽의 바람만이 빌딩 위에 걸려있고 주위에 아무런 속
삭임도 들리지 않아 눈물로 세상에 슬픈 시를 내려놓는다
흩날리는 호흡 내 마음에 그대 불어오는 내 마음에 그대
들어오는 소리가 담긴다
눈물이야 이별에 대한 예의로 흘리는 생채기 헤어졌기에
아름다울 수 있어 옛 마음으로 갈아입는다
공기를 파고드는 검은 무리들이 자취를 감싼다

노루목[1] 고개

엄마의 흔적이 놓인 등성이에
옛—바람이 앉아있고
하혈하는 해를 업은 미루나무 허리춤
아이의 시선은
어미와 걷던 실타래길 가장자리
안내판처럼 멍하니 서있는 굽은 나뭇가지에 머무르니
발아래 드러누운 돌덩이들
이제야 찾아왔냐고 핀잔을 던진다
그리운 얼굴 귀에 익은 웃음소리 메아리로 뛰노는 길목
나뭇잎 어깨를 툭 치며 아랫동네로 데려가 달라 하는 길목
눈물 한 방울 준비되지 않았을
하지만 숱하게 울었을 까마귀 떼 희끗해진 머릿결 들킬까
싫어,
모두 숨어버렸는지
밤을 지샌 쏙독새 한 마리 날아와 술잔에 입술을 박는다
그녀가 머물렀던 노루목에 가면 항상 슬플 것이다
솔잎 날리면 입김이 아이에게로 온다

---

1 (노루와 사람이 어울렸다던) 강원도 속초시 설악산로 822

적송 세 그루와 연인

아날로그

내 몸
조롱처럼 영혼을 가두고
죽음으로 가는 열차가 있다면
나는 초라한 채로
낡은 티켓 한 장 손에 꼭 쥐고 싶다

이 길의 후렴구에서
조우하게 될 시간이여
침묵으로 일관한
내 슬픈 자신을 용서해다오
운명을 믿기에 기다릴 수 있으니
그 뒤 만나게 될 누군가에게
미리 경의를 표하리

지나간 바람은
설화처럼 가슴에 파묻히고
혼자임을 느낄 수 없을 만큼의
좁다란 하루
렌즈에 담길 만큼만 보고 싶었던 하늘가

아스팔트 위
장미 한 송이는 빗물에 잠겨
시커먼 슬픔을 온몸으로 받아들이니
그림자 늘어진 어느 가을 오후
눈물을 밀어내어 햇살을 반길 것인가

그리움을 마음에 담은 이유는
더 이상 아프지 않기 위해 버리려함이니
추억을 배달해주는 나의 기억이야
가다보면 이 선로의 마지막에서 그저
한줄기 빛처럼 속도를 달리하면 그만인 것을
다만 사람들에게 잊혀지지 않을
모습, 소리로 사라져갈 수만 있다면

멜랑슈Melange

색 그것은 캔버스에 드러낼 나의 고통 그대들에게 전달되는 즐거운 역설

저마다
다른 색깔의 땀으로
마침표를 찍으며
가장 아름다운 빛깔에
몸을 숨긴다

멜랑슈
갖은 기다림조차
그냥 아름다운 삶일 때가 있듯이

솎아내야 할
내 붓 쥔 손이야
따뜻하게 잡아줄 교합
하지만
완성을 위해
버려질 기억의 물감들

내 눈물의 색깔은 네 마음의 빛깔

퇴색된 그리움의 준비로 맞이하는 봄날 손 끝자락에

널 위한 내 탄식을 살짝 묻히면

아른거리는 추억이 마음 구석 쪼그리고 앉아

그대 그리움으로 한 방울의 슬픔을 뿌린다

애증의 시간이 흐르면 따뜻한 풍경소리가 내게 도착한다

중년

I Am

모자 쓴 소녀

나의 이야기는

한 편 소설의 서막

세상을 적시어갈 시간의 연결로

모든 장면들은

핑크빛으로 물들어가고

멈출 수 없는 사랑으로

영원히 간직해야 할 소원

바람 불어
나의 기억이 흩어져가도
다르지 않을
소중함의 연속선상에서 이루어지는
때로는
너의 미소에서 느낄 수 없었던 의미 잃은 표정
무얼 그리 가슴에 적으려했는지
이젠 웃음 짓고

지워지지 않을 눈물로
함께 했던
내안에 머물러 있던
조악한 반음의 빌리프belief
필름처럼 스쳐 지나가는
아쉬움이 멈춰야
나
이제
온통
푸른빛으로 세상에 홀로서려나

견딜 수 있을 만큼

부러진 시간
기억은
수직으로 죽은 화살

남대천 교각 아래 기댄 물결
흐르는 물고기는
비애의 생

홀로 걷는 거리는
낙엽 가지에 찔려
남겨진, 비경悲境의 가을

내 뜨거워진 시울로
두 눈 멀게
스물 네 시간 바라볼 수 있을 태양에
마음마저 타들어가는

네가 보고 싶을 때마다
죽어갈 숨은

나의 심장으로 파고드는데

외로움은 조악한 사치
내 눈물이 여물수록
보고 싶......은 너

견딜 수 있을 만큼 떨어져있기를,

단 한 점의 바람에도
중얼거리는
나

햇살 드는 뜨락

On The Day Of My Memory

A fixed parting

it was like a novel,

we'll see

each other again

on the day of my memory

My time will be yours

until the rest of my life,

if it's my destiny

you're memory to keep on me

Even though it's been a long time,

how can I erase my memories

I can't do that

I can't do that

It's just my own hell

I can't live inside my own

because you exist in this world

It sounds like a very simple story

What?
I'm living for you
until my remaining love is gone

Even if I can't see you again!

메멘토 모리

누나 손목 긋던 날
공병 줍는, 창식이형 눈(雪)—이불 덮고
사진 한 장,
외진 골목에서 술김에 투덜대었다

속울음이라는 게 그런 것이었다

아내로 살고 싶었던,
사내가 유리 구두를 신겨주려 했던 여인
이젠 마음 편히 한 남자를 사랑하게 된 검은 교복의
신데렐라

그날 꿈에

슬플 마음 서글퍼
슬픔 하나 빌려달라던 누나

다음날 꿈에

생채기로 박힌 마음, 실 한 타래로
여운 한 쪼가리 심장 가장자리에 깁고
누나랑 떠날 것이라던 형

첫 세상에 지쳐 두 번째 삶을 택했던
젊은 연인
행복하게 살고 있을 초록 하늘

그날 이후, 지상에는 아름다운 기억 하나 남지 않아도
좋았다

어차피 한 번은 사라질 운명이라는,
질리던 귀띔
꽃 진 자리에 온기가 남을 것이다

메멘토 모리……

화가 이야기

　쇠약해질 기억을 벗 삼아 이미 멀어져간 슬픈 그리움을 색
칠하고 지우고 덧칠하고 지우는 작업은 그녀만의 사소한 생
활
　추운 겨울에 작은 붓을 옮겨 피어나지 못 할 풀잎 하나 생
의 한 획을 긋게 하니

　늘 캔버스만 바라보던 그녀에게도 선명한 상처들이 간직되
어 있고 그 속에 '사랑'이라는 단어가 몇 개쯤 새겨져 있을까
　상상으로만 평생 추억을 담을 수 있게 이젠 그 어떤 슬픔
도 어떤 서러움도 버리고 새로운 사랑을 버틸 수만 있다면
비어있는 가슴에 잠들 수 있기를
　그래서 다시는 흘릴 수 없음으로

　네 눈빛 바라보던 내 안의 그리움 추억처럼 멀어져가기에
감출 수밖에 없는 내 마지막 사랑의 눈물
　가끔씩 떠나간 그리운 시간을 견디며 미소 짓는 모든 것들
이 아픔으로 다가왔음에도 그녀는 온몸으로 간직하는 이치를
그저 자신의 것으로 가장 어울리게 그리며 어떤 보듬으로 몰
아내었을까

기다림의 끝이 될 운명으로 그 시작부터 끝까지 지워지지
않고 지내오며 참아낼 시간으로 남겨 미소 지었을 그대라서
모든 게 이해되듯이 진정 그리운 시간이란 어디에 존재하는
지

　모든
　그녀에 대한 시간이 추억이라는 말로 변할 수 있어 언젠가
우연히 마주칠지라도 가끔씩 기억으로만 사랑하는 사람으로
서성일 때 바람 소리가 내 사랑의 반주로 흘러 잔인한 노래
를 귓가에 들려줄 수 있다면 그녀는 나로 인해 미소로 남겨
질 수 있는 슬픔

　그녀,
　아름다운 이유가 존재한다면 화포畵布와의 약속을 깨지 않
음에 있고 그처럼 초-절정의 진실이 세상에 또 있으랴
　그리움을 닮았다는 건 후두둑 떨어지는 내 슬픈 삶 속에서
그녀를 사랑했기에 그것이 진정 내게 아픔이었다는 것을
　바람에도 목을 매달만큼 모든 슬픔을 자기 몫인 양 울던
화가, 눈을 감아도 잠들 때까지 시에 취하여 갈 길이 먼 나
의 긴 밤은, 사랑해도 된다는 다시 행복해도 된다는 그녀의
이야기 속으로 사라진다

연잎바람

이별 전 서

바람에 선율이 실리고
한 장의 서신으로 그녀의 부고가 퍼지면
연주가의 미소와 어우러진 세상의 옷자락을 적시니
아직 이별은 도착하지 않을 운명으로
나의 언어, 너의 시간을 만든다

저항 못할 한 단어로 남겨질 불평등의 수필
새벽을 넘어 황홀한 그대 머릿결처럼 별이 내리면
빛 어둠을 베어 지난 아픈 미소를 담아내고
부둥켜안아야 할 상처들마저 추억을 걷는 찢긴 기억으로
돌아서야 될 길이었을지라도
슬픈 휘파람 불며 연민의 사나이
파란 바람의 겨울 속에서 그리움 가득한 미움으로 지난가
을과 조우하니
거리엔 온통 눈에 찍힌 발자국 사람들의 무게가 걸터앉아
있다

그대가 원했던 마음 닿는 곳 발자국 뒷모습 찾지 못하게
흰 눈 내리고

그리움이 일상으로 변할 때 눈을 감아도 오직 너 때문에 나의 추억은 영원한 슬픔

너에 대한 침묵은 남아있는 단 하나의 선언 차라리 순응할 수밖에 없는 죽음

오랜 기다림 창밖엔 눈이 흐르고 나는 누군가와 있는가

남아있는 이별이 있을까

내 품 안에 있던 하얀 속삭임 미소마저 흐트러지고 모든 시어야말로 세상과 단절된 지금 너의 무덤가에 나의 눈물을 뿌려 단정한 풀 옷 마디에 서늘한 바람이 노닌다

모든 내 사랑의 배경은 오직 그대 기다림

미소 짓는 그리움으로 우는 것조차 사소하게 불러보는 사태

내가 지금 글을 쓰는 동안 그대 미소는 이 지면에 녹아들고

어딘지 몰라도 아무도 해석내릴 수 없는

그대만을 위한 단 한 편의 기록

잊고 살기엔 너무 아름답게 눈이 내려 시간의 바다에 기억을 흘려보내면 나의 팔에 안기는 지나간 일상들

추억을 응시하려는 나의 눈망울 빛바랜 노을처럼 저 산에 지는데

자신을 처절하게 사랑한다는 것 지난새벽의 그리운 혹독함을 간직하여 또다시 피어나는

한줄기 어둠

낮으로 숨어버릴 밤-별들의 손짓 천국에 갇혀있을 그댄 아름다운가

흐트러진 마음 나의 왼쪽 주머니에 눈 편지 한 장으로 담아 보낼 수 있다면 그대 빠알간 장갑으로 받을 수 있을까

바랜 기억이 세상에서 가장 아름다운 배경이라면 지금 내리는 별빛으로 덮어둘 수 있을까

나의 봄이 따뜻할 때
너의 겨울이 추웠음을 알아차렸다

지나가지 않을 것 같았던 추운 겨울, 그날의 우리 이야기

나의 봄이 따뜻할 때 너의 겨울이 추웠음을 알아차렸다

산수유 피는 마을